シリーズ 詩はきみのそばにいる❷
きみの心がゆらめくとき、詩は……
日本児童文学者協会＋ポプラ社編集部 編
ポプラ社

シリーズ

詩はきみのそばにいる❷

きみの心が
ゆらめくとき、
詩は……

もくじ

1 詩はきみにほほえむ

冬眠《とうみん》　草野心平《くさのしんぺい》 …… 10
あくびのむこうにとびだそう　近江靖子《おうみやすこ》 …… 11
と／今／土　――詩三編《へん》　藤富保男《ふじとみやすお》 …… 14
かっぱ　谷川俊太郎《たにかわしゅんたろう》 …… 17
寿限無《じゅげむ》（古典落語「寿限無《じゅげむ》」より）
六代目柳亭燕路《りゅうていえんじ》 …… 18
わたしのアルファベット　薩摩《さつま》　忠《ただし》 …… 20
せんせいたべちゃった　ねじめ正一《しょういち》 …… 24
甘納豆《あまなっとう》　十二句《く》　坪内稔典《つぼうちねんてん》 …… 26
わまわし　まわるわ　まど・みちお …… 28
ねんとんねんとん　サトウハチロー …… 30
イカ　内田麟太郎《うちだりんたろう》 …… 32
そうだとばっかり　小林純一《こばやしじゅんいち》 …… 34
阪神《はんしん》タイガース（回文《かいぶん》）　島田陽子《しまだようこ》 …… 36
がちょうはがあがあ　和田《わだ》　誠《まこと》 …… 38
ねえ、夢《ゆめ》で、　――川柳《せんりゅう》六句《く》　柳本々々《やぎもともともと》 …… 42

2 詩はきみによりそう

大漁　金子《かねこ》みすゞ《（ず）》……46
さかさまの空　麻生哲朗《あそうてつろう》……48
おねえさん　垣内磯子《かきうちいそこ》……52
汚《よご》れっちまった悲しみに……　中原中也《なかはらちゅうや》……54
最も高い塔《とう》の歌（「地獄《じごく》の一季節」の引用より）
アルチュール・ランボー／中地義和《なかじよしかず》・訳《やく》……56
ぼくの娘《むすめ》に聞かせる小さい物語
ウンベルト・サバ／須賀敦子《すがあつこ》・訳《やく》……58
きのうまで　――短歌三首　吉川宏志《よしかわひろし》……62
ハッキョへの坂　河津聖恵《かわづきよえ》……64
涙《なみだ》　川崎《かわさき》洋《ひろし》……70
精霊《しょうろう》流し　さだまさし……72
シャボン玉　野口雨情《のぐちうじょう》……76

3 詩はきみに歌う

うたを　うたうとき　まど・みちお……80

バトンタッチのうた　木島《きじま》　始《はじめ》……82

朝の歌　小泉周二《こいずみしゅうじ》……84

アイスクリームの　うた　佐藤義美《さとうよしみ》……86

花かぞえうた　岸田衿子《きしだえりこ》……90

五木《いつき》の子守唄《こもりうた》より　～熊本県民謡《くまもとけんみんよう》……94

パプリカ　米津玄師《よねづけんし》……96

Danny Boy（アイルランド民謡《みんよう》「ロンドンデリーの歌」）
平原綾香《ひらはらあやか》……100

ソーラン節　～北海道民謡《ほっかいどうみんよう》……102

母さんの歌　窪田《くぼた》　聡《さとし》……106

六月のうた　――こどもの絵本のためのエスキス
鈴木《すずき》ユリイカ……108

平家《へいけ》物語（巻《まき》第一「祇園精舎《ぎおんしょうじゃ》」より）
～日本の軍記物語……110

歌　中野重治《なかのしげはる》……112

無題二編《へん》　ブッシュ孝子《たかこ》……114

4 詩はきみをはげます

なにかをひとつ　やなせたかし……118
スタートライン　―短歌一首　山田《やまだ》　航《わたる》……120
にんげんだもの　相田《あいだ》みつを……121
ぼくは川　阪田寛夫《さかたひろお》……122
水汲《く》み　田辺利宏《たなべとしひろ》……124
君ならできる　葉《よう》　祥明《しょうめい》……126
名づけられた葉　新川和江《しんかわかずえ》……128
今日からはじまる　高丸《たかまる》もと子《こ》……130
I am Tom Brown.　藤《ふじ》井《い》則行《のりゆき》……134
マホロバ　ナオト・インティライミ……138
無題（『人生論《じんせいろん》』より）　武者小路実篤《むしゃのこうじさねあつ》……142
サッカーによせて　谷川俊太郎《たにかわしゅんたろう》……144
だから　笑って　～「Smile」より　ジョン・ターナー、ジェフリー・パーソンズ／藤《ふじ》　真知子《まちこ》・訳《やく》……148
俳句《はいく》を書こう　甘納豆《あまなっとう》の星になった　坪内稔典《つぼうちねんてん》……150
解説《かいせつ》　心がゆれるからこそ　藤《ふじ》　真知子《まちこ》……152
この本に出てくる詩人たち……156
出典一覧《いちらん》……162
作品さくいん……167
詩人・訳者《やくしゃ》さくいん……170

○本シリーズでは、古典から現代《げんだい》の詩までをはばひろく取り上げ、俳句《はいく》・短歌をのぞく詩は、現代《げんだい》のかなづかいに改めて掲載《けいさい》しています。また、旧字体《きゅうじたい》も新字体に改め、編集部《へんしゅうぶ》で適宜《てきぎ》ふりがなをつけました。

1 詩は きみに ほほえむ

――地球をポーンと　けとばして
あくびのむこうに　とびだそう――
（近江《おうみ》靖子《やすこ》「あくびのむこうにとびだそう」より）

冬《とう》眠《みん》

草野《くさの》心平《しんぺい》

●

あくびのむこうにとびだそう

近江靖子《おうみやすこ》

フーワワワ　フーワン
フーワワワ　ワゥワゥワーン
フーワワワ　フーワワワワ
ワワワワワ　ワーン

地球をのんじゃいそうに
でっかいあくび
ダンプもポストも駅ビルも
みんなのんじゃった

じっとしてるなんて　もうあきた
あくびのむこうへ　でかけよう

涙《なみだ》がポロリこぼれる
大きなあくび
あの子も小犬も夕焼けも
みんなにじんでる
ちっちゃいことなんて　もういやだ
あくびのむこうを　見に行こう

時間もとめちゃいそうな
すごいあくび

そよ風　からっ風　ハリケーン
みんなとまっちゃう
地球をポーンと　けとばして
あくびのむこうに　とびだそう

フーワワワワ　フーワン
フーワワワワ　ワゥワゥワーン
フーワワワワ　フーワワワワ
ワワワワワワ　ワーン

と／今／土　――詩三編《へん》

藤富保男《ふじとみやすお》

と

とても肥《ふと》っていて
ちょっと
あの人　体育館みたいだわね
と

もう一人の

肥《ふと》ろうか　肥《ふと》るのをやめようかと
考えていながら
増築中《ぞうちくちゅう》のような女が

二人で
ホテルの窓《まど》から
虹《にじ》をひっぱっている
という
五月の末である

今

今日は彗星《すいせい》の出る日なので
犬も
牧師《ぼくし》も
とんぼも
口を開けて待ちかまえていた

土

土管のなかをのぞいて待っていた
遂《つい》にゴリラが入ってきた

●彗星《すいせい》…太陽のまわりを楕円軌道《だえんきどう》で回る天体で、太陽に近づくとガスが放出されて、長く尾《お》を引いたように見えるところから、ほうき星とも呼《よ》ばれる。

かっぱ

谷川《たにかわ》俊《しゅん》太郎《たろう》

かっぱかっぱらった
かっぱらっぱかっぱらった
とってちってた

かっぱなっぱかった
かっぱなっぱいっぱかった
かってきってくった

寿限無《じゅげむ》（古典落語「寿限無《じゅげむ》」より）

六代目柳亭燕路《りゅうていえんじ》

「あーん、あーん、おばさぁん、おばさんとこの寿限無《じゅげむ》寿限無《じゅげむ》五劫《ごこう》のすぅりきれぇず、海砂利《かいじゃり》水魚《すいぎょ》の水行末《すいぎょうまつ》雲行《うんぎょう》末《ばつ》風来末《ふうらいばつ》、食う寝《ね》る所に住む所、藪《やぶ》ら柑子《こうじ》藪柑子《やぶこうじ》、パァイポパイポパイポのシューリンガー、シューリンガーのグーリンダイ、グーリンダイのポンポコピーポンポコナーの長久命《ちょうきゅうめい》の長助《ちょうすけ》ちゃんが棒《ぼう》でぶったから頭にこぶが出来ちゃったー。」

●寿限無《じゅげむ》… 長生きできるようにと縁起《えんぎ》のいいものを、みんな、ならべたてて長い名前になった腕白坊主《わんぱくぼうず》。ここは、その子に怪我《けが》をさせられたと、友だちが母親にうったえる場面。寿限無《じゅげむ》は、寿《ことぶき》（めでたさ）が限《かぎ》り無いという意味。

●五劫《ごこう》のすぅりきれえず… 五劫《ごこう》という、とてつもなく長い時間がたっても、岩がすり切れない。

●海砂利水魚《かいじゃりすいぎょ》… 数えきれないほどたくさんある海の砂利《じゃり》や魚。

●水行末雲行末風来末《すいぎょうばつうんぎょうばつふうらいばつ》… 水や雲や風はどこから来てどこまで行くのか、その行く末がわからないほど長い。

●食う寝《ね》る所に住む所… どれが欠けてもこまる大切なもの。

●藪柑子《やぶこうじ》… 雪のなかでも実をむすぶ、めでたい植物。

●パァイポパイポ…… … 昔、唐《もろこし》（中国《ちゅうごく》）にいて長生きしたという王様やお妃様《きさきさま》、そのふたりの子どもの名前。

●長久命《ちょうきゅうめい》… 長く久《ひさ》しい命。

わたしのアルファベット

薩摩《さつま》 忠《ただし》

A　進んで行く小舟《こぶね》の舳先《へさき》

B　ちんどん屋の鉦《かね》と太鼓《たいこ》

C　透明《とうめい》なひびき

D　翅《はね》をたたんだ蝶《ちょう》

E　小さな手帳

F　この鍵《かぎ》はまだ一度も使ったことがありません

G　水面の浮子《うき》

H　ラグビーのゴールポスト

I　わたしは世界にたった一人
J　打ちそこなった釘《くぎ》
K　クッション・ボール
L　ブック・エンド
M　しゃがんでいるのは誰《だれ》？
N　ジャンプ!!
O　なにがこの卵《たまご》から孵《かえ》るのだろう
P　風もないのにはためいている旗
Q　うしろむきのねずみ
R　まだなにも描《えが》かれていないカンバス
S　蛇《へび》の体操《たいそう》
T　行き止まり

●舳先《へさき》…舟《ふね》の先端《せんたん》。
●浮子《うき》…つり糸につけて、水に浮《う》かべるもの。

U　グラス

V　ワン・バウンド

W　地面に落ちた雨のひとつぶ

X　交わるって　どういうこと？

Y　分かれ道

Z　おっと　これでおしまい

せんせいたべちゃった

ねじめ正一《しょういち》

じゅぎょうちゅう
おなかすいちゃって
きゅうしょくまで
がまんできなくて
ちょーくかじって
きょうかしょたべて
のーとちぎって
まるめてのんで

えんぴつなめなめ
けしごむたべて
うわばきなめなめ
らんどせるたべていたら
なにしてるんだと
せんせいぼくのこと
すごくおこるけど
せんせいのまるいかおが
おにぎりにみえて
せんせいたべちゃった

甘納豆《あまなっとう》　十二句《く》

坪内稔典《つぼうちねんてん》

一月の甘納豆《あまなっとう》はやせてます
二月には甘納豆《あまなっとう》と坂下る
三月の甘納豆《あまなっとう》のうふふふふ
四月には死んだまねする甘納豆《あまなっとう》
五月来て困《こま》ってしまう甘納豆《あまなっとう》

甘納豆《あまなっとう》六月ごろにはごろついて
腰《こし》を病む甘納豆《あまなっとう》も七月も
八月の嘘《うそ》と親しむ甘納豆《あまなっとう》
ほろほろと生きる九月の甘納豆《あまなっとう》
十月の男女はみんな甘納豆《あまなっとう》
河馬《かば》を呼《よ》ぶ十一月の甘納豆《あまなっとう》
十二月どうするどうする甘納豆《あまなっとう》

わまわし　まわるわ

まど・みちお

わまわしわまわしわまわしわまわしわまわしわまわしわまわしわまわし

わまわるわまわるわまわるわまわるわまわるわまわるわまわるわまわる

●**わまわし**… 竹や鉄の輪に棒《ぼう》の先をあてて、ころがしていく遊び。

ねんとんねんとん

サトウハチロー

ねんとん　ねんとん
おころりとん
おことん　ろりとん
おやまのとん

はたおり虫の母さんが
はたおりながら
うたいます

ねんとん　ねんとん
ねねしなとん
はやとん　はやとん
なかずにとん

イカ

内田《うちだ》麟太郎《りんたろう》

ホタルイカは
ホタルを見ると
そっと目をそらした
自分が
――ホタル以下。
といわれているようで

イカたちは
――以下同文。
と聞こえてくると

聞こえないふりをした
自分たちがはしょられたみたいで
食事もこそこそとかくれてたべた
――イカのいかもの食い。
とささやかれているようで

――そのつらさはいかばかりであったろう。
タコははらはらとなみだをこぼした
――いかにも。いかにも。
イセエビはおおげさにうなずいた。
スルメはこらえきれずにふきだした
（それからみっちゃんと山へでかけた）

●ホタルイカ… イカの一種。胴長《どうちょう》約七センチメートル。体表にたくさんの発光器があって、美しく光って浮遊《ふゆう》する。

●以下同文… このあとは前に読んだのと同じ文章なので省略《しょうりゃく》するということ。卒業証書《そつぎょうしょうしょ》や表彰状《ひょうしょうじょう》などをつぎつぎ読み上げるような場面で使われる言い方。

●いかもの食い… 人が食べないものや変わったものを好んで食べること。

●いかばかり… どのくらい。

●いかにも… なるほど。

●スルメ… イカを開いて、内臓《ないぞう》をとり、かわかした食べ物。

そうだとばっかり

小林純一《こばやしじゅんいち》

そうだとばっかり
おもって　いたよ。
——めだかは　さかなの　あかちゃんだから、
いまに　おおきく　なるのだろう、と。

そうだとばっかり
おもって　いたよ。

——のはらの　くさが、ぐんぐん　のびて、
もりや　はやしに　なるのだろう、と。

そうだとばっかり
おもって　いたよ。
——うちには　たくさん　おかねが　あって、
なんでも　いいもの　かえるだろう、と。

●めだか…淡水魚《たんすいぎょ》。全長三～四センチメートル。

阪神《はんしん》タイガース（回文《かいぶん》）

島田陽子《しまだようこ》

Ａ　かなんなあはんしんはあなんなか

（たいがあすあがいた）

Ｂ　なんでだめややめだでんな

（たいがあすますますあがいた）

Ａ　やめやはんしんはやめや

Ｂ　あかんたれなはんしんはなれたんかあ

Ａ　かつまでまつか

B　かつでみててみでっか
（いちいはんしんはいちい）
A　みてみええなはんしんはなええみてみ

●阪神《はんしん》タイガース…プロ野球球団《きゅうだん》の一つ。セントラル・リーグ所属《しょぞく》。一九三五年創設《そうせつ》。本拠《ほんきょ》地《ち》は兵庫県《ひょうごけん》の阪神甲子園《はんしんこうしえん》球場。

がちょうはがあがあ

和田《わだ》　誠《まこと》

がちょうはがあがあ
からすはかあかあ
みみずくほうほう
うしはもうもう
かえるはげろげろ
したをぺろぺろ

いぬはわんわん
ねこはにゃんにゃん

ぶたはぶうぶう
マラソンふうふう

ひざはがくがく
くちをぱくぱく

あせがたらたら
のどはからから

みずをがぶがぶ
ふくはだぶだぶ

ズボンはゆるゆる
どろんこぬるぬる

あめがざあざあ
がちょうはがあがあ

ねえ、夢《ゆめ》で、——川柳《せんりゅう》六句《く》

柳本々々《やぎもともともともと》

ねえ、夢《ゆめ》で、醤油《しょうゆ》借りたの俺《おれ》ですか？

最低なことをした日のオムライス

「ほろびるの？」鯨《くじら》から電話が掛《か》かってくる

夏になりのび太《た》は0を理解《りかい》する
天の川にかかってしまうリダイヤル
口笛が吹《ふ》けたひとから夏休み

●のび太《た》… 藤子《ふじこ》・F《エフ》・不《ふ》二《じ》雄《お》のマンガ『ドラえもん』の主人公、野比《のび》のび太《た》。

2 詩はきみによりそう

――静かに時間が通り過《す》ぎます
あなたと私の人生を　かばうみたいに――

（さだまさし「精霊《しょうろう》流し」より）

大漁

金子《かねこ》みすゞ《(ず)》

朝焼小焼だ
大漁だ
大羽《おおば》鰮《いわし》の
大漁だ。

浜《はま》はまつりの
ようだけど

海のなかでは
何万の
鰮《いわし》のとむらい
するだろう。

●大羽鰮《おおばいわし》…大形のマイワシ。

さかさまの空

麻生哲朗《あそうてつろう》

わかってるんだ
君は靴《くつ》ひもを（ずっと）なおすふりしてるけど
本当は　泣いてたんだ

街の音は　泣き声を消して（そっと）
夕焼けは　君をただ　静かに見つめてた

「夢《ゆめ》に目を凝《こ》らす人ほど　涙《なみだ》はこぼれる」

涙《なみだ》ふいてさ
しゃがみこんで　抱《かか》えたひざから

少しだけ（そう少しだけ）顔あげてごらん
うつむきながら　歩いてばかりじゃ　見つからない
幸せが（照れくさそうに）君と目が合って　笑うから

わかってるんだ
君はその靴《くつ》で（ずっと）一歩ずつ一歩ずつ
歩いてきたんだね

「夢《ゆめ》を抱《かか》えてる人ほど　かかとはすり減《へ》る」
あの頃《ころ》にほら　寝転《ねころ》がった時に見つけた
さかさまの（キラキラ光る）空があったよね

うつむきながら　歩いてばかりじゃ　見つからない
幸せが（あの空のように）明日のどこかで　待っている

夢《ゆめ》は遠くても　道は細くても
なにかが消えてゆく訳《わけ》じゃない

君が思っているより
君が笑ってる顔は
君が出会ったみんなに
愛されてんだよ！

涙《なみだ》ふいてさ
しゃがみこんで　抱《かか》えたひざから

少しだけ（そう少しだけ）顔あげてごらん
うつむきながら　歩いてばかりじゃ　見つからない
幸せが（照れくさそうに）笑っているから
さかさまの空を　あの日見つけたみたいに
幸せが（笑顔の君を）どこかで待っている
うつむかないで
しゃがみこんだ時に　見つけた
幸せが（照れくさそうに）笑ってる君を　待っている
一歩ずつ　さぁ行こう

おねえさん

垣内磯子《かきうちいそこ》

五さいの　おたんじょうび
わーい　わたしはもう　おねえさんよ
といったら
おねえちゃんが
ざーんねんでした
おねえさんは
六さいからなんでした
という

六さいの　おたんじょうび
やったー　六さい
わたしはもう　おねえさんよ
とよろこんだら
おねえちゃんが
ざーんねんでした
おねえさんは
七さいからなんでした
という

それじゃ　いつまでたっても　わたし
おねえさんに　なれないじゃない
おたんじょうびのあさ
わたしは　ないた

汚《よご》れっちまった悲しみに……

中原中也《なかはらちゅうや》

汚《よご》れっちまった悲しみに
今日も小雪の降《ふ》りかかる
汚《よご》れっちまった悲しみに
今日も風さえ吹《ふ》きすぎる

汚《よご》れっちまった悲しみは
たとえば狐《きつね》の革裘《かわごろも》

汚《よご》れっちまった悲しみは
小雪のかかってちぢこまる

汚《よご》れっちまった悲しみは
なにのぞむなくねがうなく
汚《よご》れっちまった悲しみは
倦怠《けだい》のうちに死を夢《ゆめ》む

汚《よご》れっちまった悲しみに
いたいたしくも怖気《おじけ》づき
汚《よご》れっちまった悲しみに
なすところもなく日は暮《く》れる……

●小雪…少しの雪。
●倦怠《けだい》…けんたい。あきあきすること。
●怖気《おじけ》づき…おそろしく、にげたい気もちになって。

最も高い塔《とう》の歌（「地獄《じごく》の一季節」の引用より）

アルチュール・ランボー　／中地義和《なかじよしかず》・訳《やく》

やって来い、やって来い、
人を夢中《むちゅう》にさせる時よ。

あんなに我慢《がまん》をしたのだから
もう永遠《えいえん》に忘《わす》れるのだ。
恐《おそ》れも苦しみも
空に向かって飛び去った。
それなのに不健康な渇《かわ》きが
ぼくの血管を翳《かげ》らせる。

やって来い、やって来い、
人を夢中《むちゅう》にさせる時よ。

忘《わす》れ去られて
伸《の》び放題、お香と毒麦《どくむぎ》の
花ざかり、
汚《きたな》い蠅《はえ》が獰猛《どうもう》な
羽音を立てて舞《ま》っている
草原さながら。

やって来い、やって来い、
人を夢中《むちゅう》にさせる時よ。

●獰猛《どうもう》な…　あらっぽくて強い。

ぼくの娘《むすめ》に聞かせる小さい物語

ウンベルト・サバ　／須賀敦子《すがあつこ》・訳《やく》

娘《むすめ》よ、泣くのはおよし、悲しみがふくれるだけだから、
戻《もど》るものなら、ひとりでに、大事なものは戻《もど》ってくる。

ぼくはツグミを飼《か》っていた、金の輪が目の
まわりにある、くちもくちばしも金いろの。
そいつのために松の実や小さいミミズなんかを
ぼくは、たからものみたいにかくしておいた。

だれにもなつかないのに、ぼくが
学校から帰ると、大よろこびして、ほんとうだ、
ぼくの言うことはぜんぶ、ともだちみたいに
あいつはわかった。二年のあいだ、すてきなことも
にがいことも、あいつだけに、ぼくはぜんぶ話した。
ある日、逃《に》がしてしまった、あいつはヴェランダから
中庭に逃《に》げてしまった。ぼくが大声で泣きに
泣いたものだから、みんなが窓《まど》に駆《か》け寄《よ》った。ぼくは
あいつを目で追い、なつかしい名をくりかえし呼《よ》んだが

●ツグミ…背中《せなか》は黒褐色《こっかっしょく》、腹《はら》は白くて黒い斑点《はんてん》がある鳥。全長二五センチメートルほど。

だめだった。屋根から屋根へさまよって、
だんだん小さくなって、遠くへいった。
まるでぼくの大きな痛《いた》みを嘲《あざわら》うみたいに、
ぼくの絶望《ぜつぼう》を無視《むし》するみたいに。
どんなに悲しかったか、娘《むすめ》よ、きみにはとても
わからない。なにもかもが失われたのだ。やがて
泣きやんだのは、もとどおりになると思ってじゃない。

それなのにあいつはひとりでに、
ねぐらに戻《もど》った、たった一個《こ》の松の実に釣《つ》られて。

きのうまで　――短歌三首

吉川宏志《よしかわひろし》

きのうまで母撫《な》でていたてのひらを祈《いの》るかたちに閉《と》ざせる夕べ

遺体《いたい》のなかに母の死は無し母の死はわれのからだに残りているも

もう会えない、そのことがよく分からない　蠟《ろう》の火のなか芯《しん》は曲がりて

ハッキョへの坂

河津聖恵《かわづきよえ》

春の光に梢《こずえ》が煌《きら》めく
うれしそうに鳥たちがやってくる
鳥たちを呼《よ》ぶのは
輝《かがや》く木のよろこび
光の　輝《かがや》くことそのものにあるよろこび
長い冬にたえてすべてが輝《かがや》きだした

この朝も
あなたはハッキョへの坂をあゆんでいく

雨あがりなのか
靴《くつ》はちょっと汚《よご》れたか
靴《くつ》はまだ履《は》いて間もないだろうか
桜舞《さくらま》う頃《ころ》か
きれいにといた髪《かみ》に
なつくようにまつわる花びらを
後ろから見つけたトンムは
オンニのように笑って肩《かた》を叩《たた》き
つまんで見せてくれるだろうか
一緒《いっしょ》に見つめる花びらは
切ないほど美しいか
二人三人で腕《うで》を組み　肩《かた》を抱《だ》いて駆《か》ければ

●ハッキョ…　朝鮮語《ちょうせんご》で学校のこと。
●梢《こずえ》…　木の幹《みき》や枝《えだ》の先。
●トンム…　友だち。
●オンニ…　お姉さん。

水色の空はふうわりと揺《ゆ》れ
みえないウリマルの花びらが
他人のものでもあり自分のものでもあるこの国に
ふりしきるだろうか
あなたが目を閉《と》じれば
あなたの大好きな日本は
一面雪原のように白く
愛するウリナラへと変わっていくか
あなたが夢《ゆめ》見るその風景を
私も見知っている気がするのはなぜか
私の中の母の　そのまた母の中の母の
遥《はる》かな遺伝子《いでんし》が

今もそこへはらはらと流れているのか

一つの詩が終わるように
静かに坂が終わる
あなたはふと黙《だま》り　透《す》き通り
あなたを生みだした無数のオモニたちに
よく似《に》た横顔をひきしめる
花ふぶきの中から現《あらわ》れた
アボジを思わせる大きなコンクリートの体躯《たいく》の
ハッキョの窓《まど》があなたをまなざすとき
グラウンドを駆《か》け去った
無数のオッパが残した風が

●ウリマル…　私たちの国のことば。
●ウリナラ…　自分の国。
●オモニ…　お母さん。
●アボジ…　お父さん。
●体躯《たいく》…　からだ。
●オッパ…　お兄さん。

あなたに素敵《すてき》な腕《うで》を伸《の》ばすだろうか
風は柔《やわ》らかな頬《ほお》と髪《かみ》を撫《な》で
すべてのひとびとが花ふぶきのように笑いあう
未来へと包んでいくだろうか
少し遅《おく》れたあなたが
窓《まど》から見下ろすソンセンニムと目が合い
七色《なないろ》の微笑《ほほえみ》をこぼしやまぬとき

麓《ふもと》からたちのぼるざわめき
静かな高台のハッキョで
歌のようなウリマルを話すあなたを知らないまま
黄砂《こうさ》でかすんだ地上のグラウンドで

もうひとりのあなたは
携帯電話《けいたいでんわ》を片手《かたて》に佇《たたず》んでいた
風に肩《かた》を叩《たた》かれて
ふと透明《とうめい》な日本語を喋《しゃべ》りやめふりむけば
ひらひら舞《ま》いおりながら
こぼせない涙《なみだ》のようになかぞらをたゆたう不思議ないちまいの花びら
もうひとりのあなたは
思わずてのひらを差しだし
花びらを受け止めまだ見ぬあなたに出会おうと
爪先立《つまさきだ》ちになる

●ソンセンニム…先生。

涙《なみだ》

川崎《かわさき》　洋《ひろし》

母さんは
笑いすぎて涙《なみだ》をこぼすことがある

父さんにしかられて
ぼく　涙《なみだ》がでた

姉さんは
音楽を聴《き》いていて
涙《なみだ》がにじむことがあるという

ラグビーの試合で
勝ったチームと負けたチームの
両方の選手たちが涙《なみだ》を腕《うで》でこすってた
涙《なみだ》ってへんな水

精霊《しょうろう》流し

さだまさし

去年のあなたの想い出が
テープレコーダーから　こぼれています
あなたのために　お友達も
集まってくれました
二人でこさえたおそろいの
浴衣《ゆかた》も今夜は一人で着ます

せんこう花火が見えますか　空の上から
約束通りに　あなたの愛した
レコードも一緒《いっしょ》に　流しましょう
そしてあなたの舟《ふね》のあとを
ついてゆきましょう

私の小さな弟が　何にも知らずに
はしゃぎ廻《まわ》って
精霊《しょうろう》流しが華《はな》やかに始まるのです

●精霊《しょうろう》流し…　長崎県《ながさきけん》などで行われる死者の魂《たましい》をとむらい送る行事。初盆《はつぼん》をむかえた家族らが、盆提灯《ぼんちょうちん》や造花でかざられた精霊舟《しょうりょうぶね》を「流し場」と呼《よ》ばれる終着点まで運ぶ。

あの頃《ころ》あなたがつま弾《び》いた
ギターを私《わたし》が奏《ひ》いてみました
いつの間にさびついた糸で
くすり指を切りました
あなたの愛した母さんの
今夜の着物は浅黄色《あさぎいろ》
わずかの間に年老いて　寂《さび》しそうです

約束通りに　あなたの嫌《きら》いな
涙《なみだ》は見せずに　過《す》ごしましょう
そして黙《だま》って舟《ふね》のあとを

ついてゆきましょう
人ごみの中を縫《ぬ》う様《よう》に
静かに時間が通り過《す》ぎます
あなたと私の人生を　かばうみたいに

●浅黄色《あさぎいろ》…うすい黄色。

シャボン玉

野口雨情《のぐちうじょう》

シャボン玉　飛んだ
屋根まで飛んだ
屋根まで飛んで
こわれて消えた

シャボン玉　消えた
飛ばずに消えた

生《うま》れて　すぐに
こわれて消えた
風　風　吹《ふ》くな
シャボン玉　飛ばそ

3 詩はきみに歌う

——うたを　うたう　とき
わたしは　からだを
ぬぎすてます——

（まど・みちお「うたを　うたうとき」より）

うたを　うたうとき

まど・みちお

うたを　うたう　とき
わたしは　からだを　ぬぎすてます

からだを　ぬぎすてて
こころ　ひとつに　なります

こころ　ひとつに　なって
かるがる　とんでいくのです

うたが　いきたい　ところへ
うたよりも　はやく

そして
あとから　たどりつく　うたを
やさしく　むかえてあげるのです

バトンタッチのうた

木島《きじま》　始《はじめ》

先頭かびりかまるっきりわからない
ぐるぐる回ってるばかりに見える
一大競歩集団《しゅうだん》のはずれにまざり
ぬきつぬかれつなんて知らないよ
悠々《ゆうゆう》あるきつづけでいいではないか
とおれはヒマワリの仰《あお》ぎかたをまねる
がふとオリンピックのリレー競走で
バトンを渡《わた》しそこねた疾走者《しっそうしゃ》が
地上にでんぐりがえって悔《くや》しがるのを

ズーム・レンズが顔のひきつりまで
大写しにした瞬間《しゅんかん》ドラマを想い起し
おれはバトンもってるかと握《にぎ》りしめる
だがそもそもバトンなんか引きついでいず
ないバトンを渡《わた》す人など全然みえやせん
もしあるとしたらバトンはおれを見る
人がいたとしてその人が自由に撰《えら》びとるさ
どうしようもないな眩《まぶ》しすぎやかましすぎ
光がきこえ響《ひび》きがきらめくこの惑星《わくせい》で
行先わからないまま歩きつづけるほかない
んだから今これ渡《わた》せるんだとしたら嬉《うれ》しいや

●**競歩**… つねに一方の足を地面につけて、速く歩く競技《きょうぎ》。
●**疾走**《しっそう》… 速く走ること。
●**ズーム・レンズ**… 映像《えいぞう》を大きくできるレンズ。
●**惑星**《わくせい》… 恒星《こうせい》（太陽のように、それ自体で光を出し、位置を変えない星）のまわりを回る天体。

朝の歌

小泉周二《こいずみしゅうじ》

おはよう　まつ毛
おはよう　あくび
おはよう　手のひら
おはよう　からだ
きょう　また　ぼくは　生まれた

おはよう　タオル
おはよう　じゃぐち
おはよう　水おと
おはよう　こころ
きょう　また　ぼくは　生まれた

おはよう　ひかり
おはよう　ことり
おはよう　みどり
おはよう　みんな
きょう　また　ぼくは　生まれた

アイスクリームの　うた

佐藤義美《さとうよしみ》

おとぎばなしの　王子でも
むかしはとても　たべられない
アイスクリーム
アイスクリーム
ぼくは　王子ではないけれど
アイスクリームを　めしあがる
スプーンで　すくって
ピチャッ　チャッ　チャッ

したに　のせると
トロン　トロ
のどを　おんがくたいが
とおります
プカプカ　ドンドン
つめたいね
ルラ　ルラ　ルラ
あまいね
チータカ　タッタッタッ
おいしいね
アイスクリームは
たのしいね

おとぎばなしの　王女でも
むかしはとても　たべられない
アイスクリーム
アイスクリーム
わたしは　王女ではないけれど
アイスクリームを　めしあがる
スプーンで　すくって
ピチャッ　チャッ　チャッ
したに　のせると
トロン　トロ
のどを　おんがくたいが

とおります
プカプカ　ドンドン
つめたいね
ルラ　ルラ　ルラ
あまいね
チータカ　タッタッタッ
おいしいね
アイスクリームは
たのしいね。

花かぞえうた

岸田《きしだ》衿子《えりこ》

いちごのはなの　さくばんは
いちばんぼし　いちみつけ

にわうめのはな　にわにさく
にわのにわとり　にげてった

さざんかのはな　さいたとき
さむいほっぺた　さんりんしゃ

しひらのはなは　しろじろと
しなののやまに　ちっている

ごまのおはなに　ごごのかぜ
ごくぼそけいとで　なにあもう

ロダンセのはな　むすんだら
六かいのろうかに　ほしましょう

なしのはなは　ゆきみたい
ないているこは　なきやんだ

●**にわうめ**… 庭梅。庭などに植えられ、ウメのような花が咲《さ》く落葉低木。
●**さざんか**… ツバキ科の常緑広葉樹《じょうりょくこうようじゅ》。
●**しひらのはな**… よひら（四片）の花。アジサイの別名。
●**しなの**… 信濃。いまの長野県《ながのけん》。
●**ロダンセ**… 初夏に白やピンクの小さな花を咲《さ》かせる。

やぐるまそうの　はないくつ
やまのたきぎに　さしてある

コクリコのはな　けしのはな
ここに　こどもが　かくれてる

とうもろこしは　とおせんぼ
とうさんよんで　とおまわり

●やぐるまそう… 矢車草。白くて小さな花が咲《さ》くユキノシタ科の多年草。
●コクリコ… ヒナゲシ。
●けし… ケシ科の一年草。

五木《いつき》の子守唄《こもりうた》より

〜熊本県民謡《くまもとけんみんよう》

おどま勧進《かんじん》　勧進《かんじん》　ガンガラ打ってさろく
チョカで　ままちゃて　堂《どう》に泊《と》まる
　チョカで　ままちゃて　堂《どう》に泊《と》まる

おどま盆《ぼん》ぎり盆《ぼん》ぎり　盆《ぼん》からさきゃ　おらんど
盆《ぼん》が早《は》よくりゃ　早《は》よもどる
　盆《ぼん》が早《は》よくりゃ　早《は》よもどる

ねんね一遍《いっぺん》言うて　眠《ねむ》らぬ奴《やっ》は
頭たたいて　尻《しり》ねずむ

頭たたいて　尻《しり》ねずむ

おどま勧進《かんじん》　勧進《かんじん》　あんひとたちゃよか衆《しゅう》
よか衆《しゅう》　よか帯　よか着物《きもん》
　よか衆《しゅう》　よか帯　よか着物《きもん》

おどんが打死《うっち》んだちゅうて
　だいが泣あて　くりゅうきゃ
裏《うら》の松山《まつやま》　蟬《せみ》が鳴く
　裏《うら》の松山《まつやま》　蟬《せみ》が鳴く

蟬《せみ》じゃごんせぬ　妹《いもと》でござる
妹《いもと》泣くなよ　気にかかる
　妹《いもと》泣くなよ　気にかかる

●五木《いつき》の子守唄《こもりうた》…　子守《こもり》奉公《ぼうこう》に出された少女が自分のまずしい生まれをなげきながら歌う子守唄《こもりうた》。
●おどま勧進《かんじん》　勧進《かんじん》…　わたしたちまずしい者は。「おどま」はわたしたち。
●おどま盆《ぼん》ぎり　盆《ぼん》ぎり…　わたしたちの（子守奉公《こもりぼうこう》は）お盆《ぼん》まで。
●おどん…　わたし。
●だい…　だれ。

パプリカ

米津玄師《よねづけんし》

曲りくねり　はしゃいだ道
青葉の森で駆《か》け回る
遊びまわり　日差しの街
誰《だれ》かが呼《よ》んでいる

夏が来る　影《かげ》が立つ　あなたに会いたい
見つけたのはいちばん星
明日も晴れるかな

パプリカ　花が咲《さ》いたら
晴れた空に種を蒔《ま》こう
ハレルヤ　夢《ゆめ》を描いたなら
心遊ばせあなたにとどけ

雨に燻《くゆ》り　月は陰《かげ》り
木陰《こかげ》で泣いてたのは誰《だれ》
一人一人　慰《なぐさ》めるように
誰《だれ》かが呼《よ》んでいる

●パプリカ… ピーマンの仲間の野菜だが、白い花が咲《さ》く。
●ハレルヤ… キリスト教で神の栄光をたたえることば。

喜《よろこ》びを数えたら　あなたでいっぱい
帰り道を照らしたのは
思い出のかげぼうし

パプリカ　花が咲《さ》いたら
晴れた空に種を蒔《ま》こう
ハレルヤ　夢《ゆめ》を描いたなら
心遊ばせあなたにとどけ

会いに行くよ　並木《なみき》を抜《ぬ》けて
歌を歌って
手にはいっぱいの　花を抱《かか》えて

らるらりら

会いに行くよ　並木《なみき》を抜《ぬ》けて
歌を歌って
手にはいっぱいの　花を抱《かか》えて
らるらりら

パプリカ　花が咲《さ》いたら
晴れた空に種を蒔《ま》こう
ハレルヤ　夢《ゆめ》を描いたなら
心遊ばせあなたにとどけ
かかと弾《はず》ませこの指とまれ

Danny Boy（アイルランド民謡《みんよう》「ロンドンデリーの歌」）

平原綾香《ひらはらあやか》

Oh, Danny Boy　あなたのいる街は
もうすぐ　秋ですか
何度も　何度も　あなたの
名前を呼《よ》んでいます

てがらなど　たてなくていいから
早く帰っておいで
みんなが待つこのふるさとへ
Oh, Danny Boy　Oh, Danny Boy　I love you so

あなたが今より大きくなって
私が先にいなくなっても
あなたは自分の決めた道を
信じて歩いてください

てがらなど　たてなくていいから
誰《だれ》かに負けたっていいから
そのままの　あなたで　いいの
Oh, Danny Boy　Oh, Danny Boy　I love you so

●Danny Boy… 私のダニー。

ソーラン節

～北海道民謡《ほっかいどうみんよう》

ヤーレン　ソーラン　ソーラン　ソーラン
ソーラン　ソーラン　ハイハイ
ニシンくるかと　稲荷《いなり》にきけば
どこの稲荷《いなり》も　コンと鳴く　チョイ
ヤサエー　エンヤンサノ　ドッコイショ
アドッコイナ　ドッコイナ

ヤーレン　ソーラン　ソーラン　ソーラン
ソーラン　ソーラン　ハイハイ

沖のかもめが　ものいうならば
たより聞いたり　聞かせたり　チョイ
ヤサエー　エンヤンサノ　ドッコイショ
アドッコイナ　ドッコイナ

ヤーレン　ソーラン　ソーラン　ソーラン
ソーラン　ソーラン　ハイハイ
沖のかもめの　なく声聞けば
船乗り稼業《かぎょう》は　やめられぬ　チョイ
ヤサエー　エンヤンサノ　ドッコイショ
アドッコイナ　ドッコイナ

●ソーラン節…　ニシン漁の歌。
●稲荷《いなり》…　稲荷《いなり》神社。また稲荷神《いなりのかみ》の使いの狐《きつね》のこと。

ヤーレン　ソーラン　ソーラン　ソーラン
ソーラン　ソーラン　ハイハイ
男度胸《どきょう》なら　五尺《しゃく》のからだ
どんと乗り出せ　波のうえ　チョイ
ヤサエー　エンヤンサノ　ドッコイショ
アドッコイナ　ドッコイナ

ヤーレン　ソーラン　ソーラン　ソーラン
ソーラン　ソーラン　ハイハイ
余市《よいち》よいとこ　一度はござれ
海に黄金《こがね》の　波が立つ　チョイ
ヤサエー　エンヤンサノ　ドッコイショ

アドッコイナ　ドッコイナ
ヤーレン　ソーラン　ソーラン　ソーラン
ソーラン　ソーラン　ハイハイ
こよい一夜は　どんすの枕《まくら》
あすは出船《でふね》の　波まくら　チョイ
ヤサエー　エンヤンサノ　ドッコイショ
アドッコイナ　ドッコイナ

●五尺《しゃく》…　尺《しゃく》は長さの単位で、一尺《しゃく》は三〇・三センチメートル。五尺《しゃく》は約一五〇センチメートル。
●余市《よいち》…　北海道南西部、石狩湾《いしかりわん》に面した町。
●どんす…　光沢《こうたく》のある絹《きぬ》織物《おりもの》。

母さんの歌

窪《くぼ》田《た》　聡《さとし》

母さんが夜なべをして
手袋《てぶくろ》あんでくれた
小枯《こがら》しふいちゃつめたかろうて
せっせとあんだだよ
ふるさとの便りは届《とど》く
いろりのにおいがした

母さんは麻糸《あさいと》つむぐ
一日つむぐ

お父《とう》は土間でわら打ち仕事
お前もがんばれよ
ふるさとの冬はさみしい
せめてラジオ聞かせたい

母さんのあかぎれ痛《いた》い
なまみそをすりこむ
根雪《ねゆき》もとけりゃもうすぐ春だで
畑が待ってるよ
小川のせせらぎが聞える
懐《なつか》しさがしみとおる

●夜なべ…　夜まで仕事をすること。
●小枯《こがら》し…　秋のおわりから冬のはじめに吹《ふ》く冷たい風。
●いろり…　床《ゆか》を四角に切って掘《ほ》り下げ、灰《はい》を入れて、火を燃《も》やすところ。体をあたためたり、煮炊《にた》きをしたりする。家族があつまる場所でもある。
●根雪《ねゆき》…　積もったまま春まで残る雪。

六月のうた　――こどもの絵本のためのエスキス

鈴木《すずき》ユリイカ

だれだ
ドアのむこうの
ひるのおつきさん

だれだ　だれだ
かきねの　むこうの
あおいあじさいの　むこうのへいの
まだらねこの　ぴんくのあじさいのあくび

だれだ　だれだ
でんせんのうえで　ひかるのは
だれだれだ
あまだれだ　あまだれだ
あまだれだれだれだれだれだ
あまだれのこどもと
あまだれのおばあちゃんと
あまだれのおんなと
あまだれのおとこが
くっついて
みな　おちた

平家《へいけ》物語（巻《まき》第一「祇園精舎《ぎおんしょうじゃ》」より）

〜日本の軍記物語

祇園精舎《ぎおんしょうじゃ》の鐘《かね》の声、
諸行無常《しょぎょうむじょう》の響《ひびき》あり。
娑羅双樹《しゃらそうじゅ》の花の色、
盛者必衰《じょうしゃひっすい》のことわりをあらわす。
奢《おご》れる人も久しからず、
唯《ただ》春の夜の夢《ゆめ》のごとし。
たけき者も遂《つい》にはほろびぬ、
偏《ひとえ》に風の前の塵《ちり》に同じ。

●「祇園精舎《ぎおんしょうじゃ》」…栄えに栄えた平清盛《たいらのきよもり》や平家《へいけ》一門がほろんでいくようすを語った平家《へいけ》物語の語り出し。昔、インドの祇園精《ぎおんしょう》舎《じゃ》という寺の鐘《かね》は、諸行無常《しょぎょうむじょう》（すべてのものは変化して、とどまることがない）と響《ひび》いたという。盛者必衰《じょうしゃひっすい》――栄えたものも、おごりたかぶれば、必ずほろびると説いた。

歌

中野《なかの》重治《しげはる》

おまえは歌うな
おまえは赤ままの花やとんぼの羽根を歌うな
風のささやきや女の髪《かみ》の毛の匂《にお》いを歌うな
すべてのひよわなもの
すべてのうそうそとしたもの
すべてのものうげなものを撥《はじ》き去れ
すべての風情《ふぜい》を擯斥《ひんせき》せよ

もっぱら正直のところを
腹《はら》の足しになるところを
胸《むな》さきを突《つ》きあげてくるぎりぎりのところを歌え
たたかれることによって弾《は》ねかえる歌を
恥辱《ちじょく》の底から勇気を汲《く》みくる歌を
それらの歌々を
咽喉《のど》をふくらまして厳《きび》しい韻律《いんりつ》に歌いあげよ
それらの歌々を
行く行く人びとの胸郭《きょうかく》にたたきこめ

●赤まま… イヌタデの異名《いみょう》。赤まんま。
●うそうそと… はっきりしない。
●ものうげな… だるくて、気が晴れない。
●擯斥《ひんせき》… しりぞけること。
●恥辱《ちじょく》… はずかしめ。
●胸郭《きょうかく》… 胸《むね》の骨《ほね》。

無題二編《へん》

ブッシュ孝子《たかこ》

私は信じる
私にも詩がかけるのだと
誰《だれ》が何といおうと
これは私のほんとうのうた
これは私の魂《たましい》のうた

9／13

詩は生命《いのち》から生まれる
生命《いのち》は詩から生まれる

そんな詩でなければ詩とはいえない
そんな生命《いのち》でなければ生命《いのち》とはいえない

10／7

4 詩はきみをはげます

――人生は　まだ　やりがいに　満ちていると
だから　笑って――

（ジョン・ターナー、ジェフリー・パーソンズ
／藤《ふじ》　真知子《まちこ》・訳《やく》「だから　笑って　～「Smile」より」より）

なにかをひとつ

なにかをひとつ
しるたびに
なにかひとつの
よろこびがある
なにかひとつを

やなせたかし

まなぶたび
なにかがひとつ
わかってくる
もっとしりたい
まなびたい
無限《むげん》の道を
すすみたい

スタートライン　――短歌一首

山田《やまだ》　航《わたる》

靴紐《くつひも》を結ぶべく身を屈《かが》めれば
全ての場所がスタートライン

にんげんだもの

相田《あいだ》みつを

つまづいたって　いいじゃないか　にんげんだもの

ぼくは川

阪田寛夫《さかたひろお》

じわじわひろがり
背《せ》をのばし
土と砂《すな》とをうるおして
くねって　うねって　ほとばしり
とまれと言っても　もうとまらない
ぼくは川

真赤《まっか》な月にのたうったり
沙漠《さばく》のなかに渇《かわ》いたり
それでも雲の影《かげ》うかべ
さかなのうろこを光らせて
あたらしい日へほとばしる
あたらしい日へほとばしる

水汲《く》み

田辺利宏《たなべとしひろ》

はだしの少女は
髪《かみ》に紅《あか》い野薔薇《のばら》を挿《さ》し
夕日の坂を降《お》りて来る。
石だたみの上に
少女の足は白くやわらかい。
夕餉《ゆうげ》の水を汲《く》みに
彼女《かのじょ》は城外の流れまでゆくのだ。
しずかな光のきらめく水をすくって

彼女《かのじょ》はしばらく地平線の入日に見入る。
果てしない緑の海の彼方《かなた》に
彼女《かのじょ》の幸福が消えてゆくように思う。
おおきな赤い大陸の太陽は
今日も五月の美しさを彼女《かのじょ》に教えた。
楊柳《ようりゅう》の小枝《こえだ》に野鳩《のばと》が鳴いている。
日が落ちても彼女《かのじょ》はもう悲しまない
太陽は明日を約束してわかれたからだ。
少女はしっかりと足を踏《ふ》んで
夕ぐれに忙《いそが》しい城内の町へ
美しい水を湛《たた》えてかえってゆくのだ。

●夕餉《ゆうげ》…夕食。
●楊柳《ようりゅう》…ヤナギ。

君ならできる

葉《よう》　祥明《しょうめい》

今どんなに苦しくても
今日　いち日
我慢《がまん》できれば
それでいい
次の日は次の日で
また我慢《がまん》をすればいい

そうやって一日一日
我慢《がまん》していけば
いつか　もう
我慢《がまん》しなくてもいい日が
必ず来る
その日まで
大丈夫《だいじょうぶ》　君なら
きっと耐《た》えていける！

名づけられた葉

新川和江《しんかわかずえ》

ポプラの木には　ポプラの葉
何千何万芽をふいて
緑の小さな手をひろげ
いっしんにひらひらさせても
ひとつひとつのてのひらに
載《の》せられる名はみな同じ〈ポプラの葉〉

わたしも
いちまいの葉にすぎないけれど
あつい血の樹液《じゅえき》をもつ

にんげんの歴史《れきし》の幹《みき》から分かれた小枝《こえだ》に
不安げにしがみついた
おさない葉っぱにすぎないけれど
わたしは呼《よ》ばれる
わたしだけの名で　朝に夕に

だからわたし　考えなければならない
誰《だれ》のまねでもない
葉脈《ようみゃく》の走らせ方を　刻《きざ》みのいれ方を
せいいっぱい緑をかがやかせて
うつくしく散る法を
名づけられた葉なのだから　考えなければならない
どんなに風がつよくとも

●葉脈《ようみゃく》…　葉の根元から出ている水分や養分の通り道。

今日からはじまる

高丸《たかまる》もと子《こ》

あなたに会えてよかった
空が青く
大きいことも
あなたがいて気づいた
この光もいま届《とど》いたばかり
一億五千万キロのかなたから
今日からはじまる
何かいいこと

みんなに会えてよかった
すてきなものが
そばにあること
みんながいて気づいた
いまもどこかで命が生まれる
子犬も小鳥も草の芽も
今日からはじまる
何かいいこと

わたしに会えてよかった
胸《むね》の鼓動《こどう》も

ときめきも
わたしがいて気づいた
だれも知らない音だけど
わたしの殻《から》をやぶる音
今日からはじまる
何かいいこと

I am Tom Brown.

藤井則行《ふじいのりゆき》

中学生になって　ぼくは初めて英語の教科書を手にした　外国語を習うことができるという好奇《こうき》と期待に　ぼくの胸《むね》はふくらんだ　開巻《かいかん》一頁《ページ》　髪《かみ》を分けた背広姿《せびろすがた》の明るい少年のさし絵があって　その下に黒くはりついている横文字に　ぼくの目は吸《す》いつけられた
I am Tom Brown.
ぼくたちは先生の口まねをして　繰《く》り返《かえ》し大声で読みあげた
I am Tom Brown.

先生は殊更口《ことさら》をゆがめて節《ふし》をつける　ぼくたちはくすくす笑いながら　わざと大仰《おおぎょう》に口をあけてなおも叫《さけ》んだ

I am Tom Brown.

それから先生は英語を訳《やく》した　そしてなぜそうなるのか解説《かいせつ》をはじめた　ぼくは英語と訳《やく》を何度か口の中で繰《く》り返《かえ》しているうちに　思わず目を覆《おお》った

I am Tom Brown.

わたしはトム・ブラウンです

と力強く自分を断定《だんてい》しているトムという少年の存在《そんざい》がぐいぐいとぼくを圧倒《あっとう》してきたからだった　他の誰《だれ》でもない自分という人間をこれほど簡明《かんめい》に主張《しゅちょう》していること

●殊更《ことさら》…わざと。
●大仰《おおぎょう》…大げさ。
●簡明《かんめい》…簡単《かんたん》ではっきりしていること。

ばをぼくは知らなかった　その自信に満ちた驚異《きょうい》の響《ひび》き
がぼくをぶちのめすのだった
I am Tom Brown.
わたしは　トム・ブラウンです
主語とか動詞《どうし》とかむずかしい先生の話を遠くに聞きなが
ら　ぼくの思いは走った　このトム少年のように　はっ
きり自分を言い得《え》たことがかつてぼくにあっただろうか
本当にぼくという人間を　将来明快《しょうらいめいかい》に主張《しゅちょう》できる時があ
るだろうか――と

マホロバ

ナオト・インティライミ

どうかなって　いつも　立ち止まってしまう
そうだなって　あとで　後悔《こうかい》することもある

Where do you go?　Do you wanna go?
気づいてるかな
いつでもいつだって
君が選んでる

願いを込《こ》めて　ぎゅっと靴《くつ》ひもを結ぶんだ
明日はきっと思うより悪くない

パノラマ広がる景色じゃなくたって
特別な君のまほろば　心に宿らせろ

急がなくていいから　慌《あわ》てなくていい
ずっと待ってるから　任《まか》せろ　守っておくから

Where do you go?　Do you wanna go?
聞こえてるかな？
いつでもいつだって
君は叫《さけ》んでる

願いを込《こ》めて　ずっとそのイメージを描《えが》くんだ
始めの一歩　思うようにいかなくても

●マホロバ…まほろば。すぐれた立派《りっぱ》な場所。
●Where do you go? Do you wanna go?…どこへ行くの？　どこへ行きたいの？

小手先の言葉じゃ　夢《ゆめ》なんか語れやしないだろう
君の青空　自由に飛びまわれ

Where do you go?　Do you wanna go?
届《とど》いてるかな?
いつでもいつだって
君と歩んでく

願いを込《こ》めて　ぎゅっと靴《くつ》ひもを結ぶんだ
明日はきっと思うより悪くない
パノラマ広がる景色じゃなくたって
特別な君のまほろば　心に宿らせろ

無題（『人生論《じんせいろん》』より）

ふまれても、ふまれても、
我《われ》はおき上るなり
青空を見て微笑《ほほえ》むなり、
星は我《われ》に光をさずけ給《たも》うなり

武者小路実篤《むしゃのこうじさねあつ》

サッカーによせて

谷川俊太郎《たにかわしゅんたろう》

けっとばされてきたものは
けり返せばいいのだ

ける一瞬《いっしゅん》に
きみが自分にたしかめるもの
ける一瞬《いっしゅん》に
きみが誰《だれ》かにゆだねるもの
それはすでに言葉ではない

泥《どろ》にまみれろ
汗《あせ》にまみれろ
そこにしか
憎《にく》しみが愛へと変わる奇跡《きせき》はない
一瞬《いっしゅん》が歴史《れきし》へとつながる奇跡《きせき》はない
からだがからだとぶつかりあい
大地が空とまざりあう
そこでしか
ほんとの心は育たない
希望はいつも
泥《どろ》まみれなものだ
希望はいつも

汗《あせ》まみれなものだ
そのはずむ力を失わぬために
けっとばされてきたものは
力いっぱいけり返せ

だから　笑って　～「Smile」より

ジョン・ターナー、ジェフリー・パーソンズ　／藤《ふじ》　真知子《まちこ》・訳《やく》

笑って　どんなにつらくても
笑って　心がはりさけそうでも

雲が　空を　おおいつくしても
それで　おわりでは　ないのだから

果てしない　悲しみと　不安に　うちのめされたときも
ほほえめば
いつか　きっと　感じられる

太陽が　きみのために　輝《かがや》くようにほほえむのを
そのとき
心は　満たされて　きみは　オーラをはなって　かがやきだす
悲しみは　思い出の中に　沈《しず》んできえる
だから
涙《なみだ》が　あふれでそうな　時にこそ
ほほえみつづけよう
泣いたって　なんの役にも　たたないのだから
ほほえめば　きっと　わかるはず
人生は　まだ　やりがいに　満ちていると
だから　笑って

俳句《はいく》を書こう

甘納豆《あまなっとう》の星になった

俳人《はいじん》　坪内稔典《つぼうちねんてん》

その日、締《し》め切《き》りが来たのにまだ俳句《はいく》ができていなかった。ああでもない、こうでもないと苦心惨憺《くしんさんたん》していたら、ふと、机《つくえ》のはしにあった甘納豆《あまなっとう》が目に入った。だれかにもらった甘納豆《あまなっとう》だった。その甘納豆《あまなっとう》を「三月には甘納豆《あまなっとう》と坂下る」と俳句《はいく》にしてみた。すると続きが「三月の甘納豆《あまなっとう》のうふふふふ」「四月には死んだまねする甘納《あまなっ》豆《とう》」とかんたんにできた。六月の句《く》までを作り雑誌社《ざっししゃ》へ送った。こんなんでいいのかな、なんだか俳句《はいく》らしくないけど、と思いながら。

雑誌《ざっし》にのると、三月の句《く》が話題になった。傑作《けっさく》か駄作《ださく》かという議《ぎ》論《ろん》が起こったのだ。作者がびっくりしたのは、笑っているのは人か甘納豆《あまなっとう》かで鑑賞《かんしょう》がわかれたこと。「うふふふふ」をかわいい笑いという人といやらしい笑いという人がいたこと。この句《く》、作者としては自分を机《つくえ》のはしにあった甘納豆《あまなっとう》に置きかえたつもりだったが、読者は作者の思いとはかかわりなしに五七五の言葉を自由に楽しんでいる感じだった。

おどろいたことに、三月の句《く》が話題になると、各地の知人から甘《あま》納豆《なっとう》が届《とど》きはじめた。ある甘納豆《あまなっとう》の会社からは、その会社の甘納豆《あまなっとう》セットが段《だん》ボールで届《とど》き、ネンテンさんはわが業界の星です、これからも甘納豆《あまなっとう》をよろしく、とメモが入っていた。ボクは気をよくして、一月から十二月までの句《く》を書き足したが、残念、二匹《ひき》目のドジョウはおらず、いまもって話題になるのは三月の句《く》だけ。ともあれ、ボクはこの句《く》によって俳人《はいじん》として知られた。それまでは好きではなかった甘納豆《あまなっとう》も大好きになった。

＊坪内稔典《つぼうちねんてん》「甘納豆《あまなっとう》　十二句《く》」は26～27ページに掲載《けいさい》しています。

解説《かいせつ》

心がゆれるからこそ

藤《ふじ》 真知子《まちこ》

生きてるからこそ、心はゆれる。

悩《なや》み、迷《まよ》い、だれかを好きになり、不安になり、こんなに心がゆれるのは世界でたった一人、自分だけ……。

そう思ってしまうこと、あるでしょう?

ほかの人だって心がゆれることがあるなんて忘《わす》れてしまいます。

そんなとき、自分のきもちにぴったりの言葉にであったら、わかるはずです。

ああ、自分だけじゃない。

同じきもちで心がゆれて、それでも一生懸命《いっしょうけんめい》生きようとしてる人がいることを。

それは、ことばが時代も空間もこえて、きみの心にとびこんでくる瞬間《しゅんかん》です。

二〇二〇年からのコロナ禍《か》で、学校や会社がオンライン中心で外出ができなくなり、世界は混乱《こんらん》しました。そのとき、世界中のミュージシャンたちがみんなを元気づけようと、「Smile」（ジョン・ターナー、ジェフリー・パーソンズ。本書では藤真知子《ふじまちこ》・訳《やく》「だから　笑って」を収録《しゅうろく》）を歌いました。それは、二〇一一年、東日本大震災《ひがしにほんだいしんさい》が起きたときに、被災地慰問《ひさいちいもん》のミュージシャンたちによって最も多く歌われていた歌の一つでもありました。

テレビやインターネットには、慰問《いもん》の映像《えいぞう》がいくつも流れていました。患者《かんじゃ》さんがあふれる過酷《かこく》な医療現場《いりょうげんば》の人びとは、ほんとうにつらくて苦しくて悲しいはずです。でも、歌を聴《き》いて「元気をもらいました」「頑張《がんば》れそうです」と感《かん》謝《しゃ》して笑顔になっていました。

メロディーも美しいですが、歌詞《かし》があるからこそ、人びとははげまされたのです。歌詞《かし》が、詩が、生きる力を呼《よ》び起こすのです。

それを感じたとき、わたしは言葉の持つ力を改めて痛感《つうかん》しました。

「どっこいしょ」という言葉は「六根清浄《ろっこんしょうじょう》」という仏教《ぶっきょう》の言葉からきています。「六根《ろっこん》」とは、人間の知覚である眼・耳・鼻・舌・身・意（心）のこと。「六根清浄《ろっこんしょうじょう》」は、それを「清らかにして救《すく》いを求める」という意味で、昔は山伏《やまぶし》たちが修行《しゅぎょう》の時に歩きながらとなえていました。それが変わって「どっこいしょ」というかけ声になったのです。

そういった言葉が、わたしたちに力を与《あた》えてくれるように、詩の言葉も、さまざまな力を与《あた》えてくれます。

つらければつらいほど、悲しければ悲しいほど、それを乗り越《こ》えたら自信になります。そして、どんなときにも笑顔になれた自分を誇《ほこ》りに思えるはずです。

なぜなら、いちばんきみをはげましてくれるのは、笑顔になった自分ですから。

この本には、そのようなストレートなメッセージだけではありません。

「と」（藤富保男《ふじとみやすお》）や「かっぱ」（谷川俊太郎《たにかわしゅんたろう》）や「せんせいたべちゃった」（ねじめ正一《しょういち》）のように、どんなときでもきみをわらわせようとする詩もあれば、「あくびのむこうにとびだそう」（近江靖子《おうみやすこ》）のように、外には大きなゆったりした世界が広がって、いつでもきみを受け入れてくれることをユーモラスに教えてくれる詩もあります。

「朝の歌」（小泉周二《こいずみしゅうじ》）はさわやかさを、「パプリカ」（米津玄師《よねづけんし》）は元気を心にそそいでくれます。

「大漁」（金子《かねこ》みすゞ《ず》）は、〈海のなかでは／何万の／鰮《いわし》のとむらい／するだろう〉と、喜《よろこ》びのかげにある他者の悲しみを思いやります。「マホロバ」（ナオト・インティライミ）の詩のように〈願いを込《こ》めて　ぎゅっと靴《くつ》ひもを結〉んで踏《ふ》み出せば、「君ならできる」（葉祥明《ようしょうめい》）の詩のように〈大丈夫《だいじょうぶ》　君なら／きっと耐《た》えていける！〉のです。

詩は短いからこそ、言葉の力がストレートに心に響《ひび》きます。

誰《だれ》だって心がゆれて、つらいとき、苦しいとき、悲しいときはあります。

そんなとき、きっと言葉の力がきみを支《ささ》えてくれるはずです。

心がゆれるときこそ、ぜひこの本を開いてください。

この本に出てくる詩人たち

1 詩はきみにほほえむ

草野心平（くさの・しんぺい）　一九〇三～一九八八年。詩人。全編《ぜんぺん》、蛙《かえる》をテーマとする詩集『第百階級』など。

近江靖子（おうみ・やすこ）　一九四四～二〇二〇年。詩人・児童文学作家。童謡《どうよう》「うたう足の歌」、詩集『ポテトチップ館』など。児童文学作品は舟崎靖子《ふなざきやすこ》の名前で発表し、『ひろしのしょうばい』など。

藤富保男（ふじとみ・やすお）　一九二八～二〇一七年。詩人。詩集『コルクの皿』『正確《せいかく》な曖昧《あいまい》』など。

谷川俊太郎（たにかわ・しゅんたろう）　一九三一～二〇二四年。詩人。詩集『二十億光年の孤独《こどく》』『世間知ラズ』など。

六代目柳亭燕路（ろくだいめりゅうていえんじ）　一九三四～一九九一年。著書《ちょしょ》に『落語家の歴史《れきし》』、『子ども寄席《よせ》』全一二巻《かん》など。

薩摩　忠（さつま・ただし）　一九三一～二〇〇〇年。詩人・翻訳家《ほんやくか》。童謡《どうよう》「まっかな秋」など。

ねじめ正一（ねじめ・しょういち）　一九四八年～。詩人・小説家。詩集『ふ』、小説『高円寺純情商店街《こうえんじじゅんじょうしょうてんがい》』など。

坪内稔典（つぼうち・ねんてん）　一九四四年～。俳人《はいじん》・日本文学研究者。句集《くしゅう》『落花落日』、著書《ちょしょ》に『俳人漱石《はいじんそうせき》』など。

まど・みちお　一九〇九～二〇一四年。詩人。童謡《どうよう》「ぞうさん」、『まど・みちお全詩集』など。

サトウハチロー　一九〇三～一九七三年。詩人・作詞《さくし》家《か》・小説家。童謡《どうよう》「ちいさい秋みつけた」、歌謡曲《かようきょく》「リンゴの唄《うた》」「長崎《ながさき》の鐘《かね》」、少年少女小説『ジロリンタン物語』など。

内田麟太郎（うちだ・りんたろう）　一九四一年～。詩人・童話作家。詩集『きんじょのきんぎょ』、童話『ふしぎの森のヤーヤー』など。

小林純一（こばやし・じゅんいち）一九一一～一九八二年。詩人。童謡《どうよう》「てをたたきましょう」、詩集『茂作《もさく》じいさん』など。

島田陽子（しまだ・ようこ）一九二九～二〇一一年。詩人。詩集『大阪《おおさか》ことばあそびうた』など。

和田　誠（わだ・まこと）一九三六～二〇一九年。イラストレーター・エッセイスト・映画監督《えいがかんとく》。絵本『ねこのシジミ』、映画《えいが》「麻雀放浪記《マージャンほうろうき》」など。

柳本々々（やぎもと・もともと）一九八二年～。川柳《せんりゅう》作家・詩人。著書《ちょしょ》に『バームクーヘンでわたしは眠《ねむ》った』など。

② 詩はきみによりそう

金子みすゞ（かねこ・みすず）一九〇三～一九三〇年。詩人。童謡《どうよう》「大漁」「わたしと小鳥とすずと」など。

麻生哲朗（あそう・てつろう）一九七二年～。CMプランナー・作詞家《さくしか》。

垣内磯子（かきうち・いそこ）一九四四年～。詩人。詩集『緑色のライオン』など。

中原中也（なかはら・ちゅうや）一九〇七～一九三七年。詩人。『山羊《やぎ》の歌』『在《あ》りし日の歌』、翻訳《ほんやく》『ランボオ詩集』など。

アルチュール・ランボー　一八五四～一八九一年。フランスの詩人。散文詩集『地獄《じごく》の季節』など。

中地義和（なかじ・よしかず）一九五二年～。フランス文学者。著書《ちょしょ》に『ランボー　精霊《ジェニー》と道化のあいだ』など。

ウンベルト・サバ　一八八三～一九五七年。イタリアの詩人。詩集『カンツォニエーレ』など。

須賀敦子（すが・あつこ）　一九二九〜一九九八年。随筆《ずいひつ》家《か》・イタリア文学者・翻訳家《ほんやくか》。著書《ちょしょ》に『ミラノ　霧《きり》の風景』『ヴェネツィアの宿』『ユルスナールの靴《くつ》』『遠い朝の本たち』など。

吉川宏志（よしかわ・ひろし）　一九六九年〜。歌人。歌集『青蝉《あおせみ》』『海雨《かいう》』『燕麦《えんばく》』『鳥の見しもの』『石蓮花《せきれんか》』『雪の偶《ぐう》然《ぜん》』など。

河津聖恵（かわづ・きよえ）　一九六一年〜。詩人・評論家《ひょうろんか》。詩集『夏の終わり』『アリア、この夜の裸体《らたい》のために』、著《ちょ》書《しょ》に『「毒虫《どくむし》」詩論序説《しろんじょせつ》』など。

川崎　洋（かわさき・ひろし）　一九三〇〜二〇〇四年。詩人・放送作家。詩集『はくちょう』『食物小屋』『ビスケットの空《あき》カン』、そのほかの著書《ちょしょ》に『母の国・父の国のことば』など。

さだまさし　一九五二年〜。シンガーソングライター。アルバムに『帰去来』『風見鶏《かざみどり》』『私花集《アンソロジイ》』『なつかしい未来』など。

野口雨情（のぐち・うじょう）　一八八二〜一九四五年。詩人。童謡《どうよう》「兎《うさぎ》のダンス」「十五夜お月さん」「青い眼《め》の人形」「赤い靴《くつ》」など。

③ 詩はきみに歌う

まど・みちお　↓1章参照。

木島　始（**きじま・はじめ**）　一九二八〜二〇〇四年。詩人・翻訳家《ほんやくか》・児童文学作家。詩集『イグアナのゆめ』、児童文学作品『考えろ丹太《たんた》！』など。

小泉周二（**こいずみ・しゅうじ**）　一九五〇年〜。詩人。詩集『海』『こもりうた』など。

佐藤義美（**さとう・よしみ**）　一九〇五〜一九六八年。詩人・童話作家。童謡《どうよう》「いぬのおまわりさん」「グッドバイ」など。

岸田衿子（**きしだ・えりこ**）　一九二九〜二〇一一年。詩人・童話作家・翻訳家《ほんやくか》。詩集『忘《わす》れた秋』など。

米津玄師（**よねづ・けんし**）　一九九一年〜。シンガーソングライター。

平原綾香（**ひらはら・あやか**）　一九八四年〜。シンガーソングライター。

窪田　聡（**くぼた・さとし**）　一九三五年〜。作詞家《さくしか》。

鈴木ユリイカ（**すずき・ゆりいか**）　一九四一年〜。詩人・翻訳家《ほんやくか》。詩集『MOBILE・愛』『海のヴァイオリンがきこえる』など。

中野重治（**なかの・しげはる**）　一九〇二〜一九七九年。小説家・詩人。小説『歌のわかれ』『むらぎも』など。

ブッシュ孝子（**ぶっしゅ・たかこ**）　一九四五〜一九七四年。詩人。詩集『暗やみの中で一人枕《まくら》をぬらす夜は』など。

④ 詩はきみをはげます

やなせたかし　一九一九〜二〇一三年。漫画家《まんがか》・絵本作家・詩人。「アンパンマン」の生みの親。「手のひらを太陽に」「アンパンマンのマーチ」の作詞《さくし》など。

山田　航（やまだ・わたる）　一九八三年〜。歌人。歌集『さよならバグ・チルドレン』『流星の予感』『水に沈《しず》む羊』など。

相田みつを（あいだ・みつを）　一九二四〜一九九一年。詩人・書家。著書《ちょしょ》に『にんげんだもの』『おかげさん』『一生感動一生青春』など。

阪田寛夫（さかた・ひろお）　一九二五〜二〇〇五年。詩人・小説家・児童文学作家。童謡《どうよう》「サッちゃん」「おなかのへるうた」、小説『土の器』、児童文学作品『トラジイちゃんの冒険《ぼうけん》』など。

田辺利宏（たなべ・としひろ）　一九一五〜一九四一年。中国江蘇省《こうそしょう》北部にて戦死。

葉　祥明（よう・しょうめい）　一九四六年〜。絵本作家・画家・詩人。絵本『ぼくのベンチにしろいとり』『風とひょう』など。

新川和江（しんかわ・かずえ）　一九二九〜二〇二四年。詩人。詩集『季節の花詩集』『野のまつり』『星のおしごと』『記憶《きおく》する水』など。

高丸もと子（たかまる・もとこ）　一九四六年〜。詩人。詩集『地球のコーラス』など。

藤井則行（ふじい・のりゆき）　一九三四年〜。詩人。詩集『胎動《たいどう》』など。

ナオト・インティライミ　一九七九年〜。シンガーソングライター。

武者小路実篤（むしゃのこうじ・さねあつ）　一八八五〜一九七六年。小説家・詩人。著書《ちょしょ》に『人生論《じんせいろん》』、小説『お目出たき人』『友情《ゆうじょう》』『真理先生《しんりせんせい》』『馬鹿一《ばかいち》』など。

谷川俊太郎（たにかわ・しゅんたろう）　↓1章参照。

ジョン・ターナー　一九〇二〜一九八二年。イギリス出身の作詞家《さくしか》。

ジェフリー・パーソンズ　一九一〇〜一九八七年。イギリス出身の作詞家《さくしか》。

藤　真知子（ふじ・まちこ）　一九五〇年〜。児童文学作家。「まじょ子」シリーズ、「わたしのママは魔女《まじょ》」シリーズなど。

出典一《いち》覧《らん》

① 詩はきみにほほえむ

草野心平《くさのしんぺい》「冬眠《とうみん》」▼『現代詩文庫1024　草野心平』思潮社、1981年

近江靖子《おうみやすこ》「あくびのむこうにとびだそう」▼谷川俊太郎　編『日本の詩　第28巻　童謡・唱歌集』集英社、1979年

藤富保男《ふじとみやすお》「と」「今」「土」▼『藤富保男詩集全景』沖積舎、2008年

谷川俊太郎《たにかわしゅんたろう》「かっぱ」▼『ことばあそびうた』福音館書店、1973年

六代目柳亭燕路《りゅうていえんじ》「寿限無《じゅげむ》」▼六代目柳亭燕路　作『子ども寄席　春・夏』日本標準、2010年

薩摩忠《さつまただし》「わたしのアルファベット」▼『ジュニアポエム双書　まっかな秋』銀の鈴社、1985年

ねじめ正一《しょういち》「せんせいたべちゃった」▼『大きな声で読む詩の絵本　がっこうのうた』偕成社、2004年

坪内稔典《つぼうちねんてん》「甘納豆《あまなっとう》　十二句《く》」▼『現代俳句文庫　坪内稔典句集』ふらんす堂、1992年

まど・みちお「わまわし　まわるわ」▼『まど・みちお全詩集　新訂第2版』理論社、2015年

サトウハチロー「ねんとんねんねんとん」▼『おかあさん（I）』R出版、1964年

内田麟太郎《うちだりんたろう》「イカ」▼『ジュニアポエムシリーズ291　なまこのぽんぽん』銀の鈴社、2020年

＊本書では、詩の作者・訳者《やくしゃ》の意向により、出典と一部異《こと》なる表記で掲載《けいさい》した作品があります。

小林純一《こばやしじゅんいち》「そうだとばっかり」▼『国土社の詩の本8　みつばちぶんぶん』国土社、1975年

島田陽子《しまだようこ》「阪神《はんしん》タイガース（回文）」▼『続大阪ことばあそびうた』編集工房ノア、1990年

和田誠《わだまこと》「がちょうはがあがあ」▼『パイがいっぱい』文化出版局、2002年

柳本々々《やぎもともともと》　川柳《せんりゅう》「ねえ、夢《ゆめ》で、…」「最低な…」「「ほろびるの？」…」「夏になり…」「天の川に…」「口笛が…」

▼小池正博　編著『はじめまして現代川柳』書肆侃侃房、2020年

②詩はきみによりそう

金子《かねこ》みすゞ《ず》「大漁」▼『金子みすゞ童謡全集〈普及版〉』JULA出版局、2022年

麻生哲朗《あそうてつろう》「さかさまの空」▼CD　SMAP「GIFT of SMAP」ビクターエンタテインメント、2012年

垣内磯子《かきうちいそこ》「おねえさん」▼『ジュニアポエムシリーズ135　かなしいときには』銀の鈴社、1999年

中原中也《なかはらちゅうや》「汚《よご》れっちまった悲しみに……」▼『現代詩文庫1003　中原中也』思潮社、1975年

アルチュール・ランボー／訳《やく》：中地義和《なかじよしかず》「最も高い塔《とう》の歌（「地獄《じごく》の一季節」の引用より）」

▼中地義和　編『対訳　ランボー詩集――フランス詩人選（1）』岩波文庫、2020年

ウンベルト・サバ／訳《やく》：須賀敦子《すがあつこ》「ぼくの娘《むすめ》に聞かせる小さい物語」▼『須賀敦子全集　第5巻』河出書房新社、2000年

吉川宏志《よしかわひろし》　短歌「きのうまで…」「遺体《いたい》のなかに…」「もう会えない、…」▼『現代歌人シリーズ26　石蓮花』書肆侃侃房、2019年

河津聖恵《かわづきよえ》「ハッキョへの坂」▼『ハッキョへの坂』土曜美術社出版販売、2011年

川崎洋《かわさきひろし》「涙《なみだ》」▼『川崎洋少年詩集　しかられた神さま』理論社、1981年

さだまさし「精霊《しょうろう》流し」▼CD　グレープ「わすれもの」ワーナーミュージック・ジャパン、1991年

野口雨情《のぐちうじょう》「シャボン玉」▼『定本　野口雨情　第四巻』未來社、1986年

❸ 詩はきみに歌う

まど・みちお「うたを　うたうとき」▼『まど・みちお全詩集　新訂第2版』理論社、2015年

木島始《きじまはじめ》「バトンタッチのうた」▼木島始　編『列島詩人集』土曜美術社出版販売、1997年

小泉周二《こいずみしゅうじ》「朝の歌」▼『ジュニアポエムシリーズ128　太陽へ』銀の鈴社、1997年

佐藤義美《さとうよしみ》「アイスクリームの　うた」▼『国土社の詩の本3　いぬのおまわりさん』国土社、1975年

岸田衿子《きしだえりこ》「花かぞえうた」▼『あかるい日の歌』青土社、1979年

熊本県民謡《くまもとけんみんよう》「五木《いつき》の子守唄《こもりうた》より」▼神田虔十　編著『日本の民謡曲集Ⅱ　─故郷の心のあの歌この歌─』メトロポリタンプレス、2013年

米津玄師《よねづけんし》「パプリカ」▼「NHKみんなのうた2・3月号」NHK出版、2020年

平原綾香《ひらはらあやか》「Danny Boy（アイルランド民謡《みんよう》「ロンドンデリーの歌」）」
▼『CD　平原綾香「マイ・クラシックス3」ドリーミュージック、2011年

北海道民謡《ほっかいどうみんよう》「ソーラン節」▼神田虔十　編著『日本の民謡曲集Ⅰ　―故郷の心のあの歌この歌―』メトロポリタンプレス、2013年

窪田聡《くぼたさとし》「母さんの歌」▼『うたの世界615』ともしび、1972年

鈴木《すずき》ユリイカ「六月のうた　――こどもの絵本のためのエスキス」▼『現代詩文庫220　鈴木ユリイカ詩集』思潮社、2015年

日本の軍記物語「平家《へいけ》物語」（巻《まき》第一「祇園精舎《ぎおんしょうじゃ》」より）▼『新　日本古典文学大系44　平家物語　上』岩波書店、1991年

中野重治《なかのしげはる》「歌」▼『現代詩文庫1032　中野重治』思潮社、1988年

ブッシュ孝子《たかこ》「無題二編《へん》」▼『ブッシュ孝子全詩集　暗やみの中で一人枕をぬらす夜は』新泉社、2020年

④ 詩はきみをはげます

やなせたかし「なにかをひとつ」▼『やなせたかし童謡詩集　勇気の歌』フレーベル館、2000年

山田航《やまだわたる》　短歌「靴紐《くつひも》を…」▼『さよならバグ・チルドレン』ふらんす堂、２０１２年

相田《あいだ》みつを「つまづいたって…」▼『にんげんだもの』文化出版局、１９８４年

阪田寛夫《さかたひろお》「ぼくは川」▼『阪田寛夫全詩集』理論社、２０１１年

田辺利宏《たなべとしひろ》「水汲《く》み」▼日本戦没学生記念会　編『新版　きけ　わだつみのこえ』岩波文庫、１９９５年

葉祥明《ようしょうめい》「君ならできる」▼水内喜久雄　編著『いま、きみにいのちの詩を　詩人52人からのメッセージ』小学館、２０００年

新川和江《しんかわかずえ》「名づけられた葉」▼『現代詩文庫64　新川和江』思潮社、１９７５年

高丸《たかまる》もと子《こ》「今日からはじまる」▼『詩を読もう！　今日からはじまる』大日本図書、１９９９年

藤井則行《ふじいのりゆき》「I am Tom Brown.」▼『胎動』紫陽社、１９８０年

ナオト・インティライミ「マホロバ」▼CD King&Prince「King&Prince」ユニバーサル ミュージック合同会社、２０１９年

武者小路実篤《むしゃのこうじさねあつ》「無題」▼『武者小路實篤全集　第十巻』小学館、１９８９年

谷川俊太郎《たにかわしゅんたろう》「サッカーによせて」▼『詩の散歩道　どきん』理論社、１９８３年

ジョン・ターナー、ジェフリー・パーソンズ／訳《やく》：藤真知子《ふじまちこ》「だから　笑って　～「Smile」より」▼書き下ろし

作品さくいん

あ

I am Tom Brown.　藤井則行《ふじいのりゆき》……134
アイスクリームの　うた　佐藤義美《さとうよしみ》……86
あくびのむこうにとびだそう　近江靖子《おうみやすこ》……11
朝の歌　小泉周二《こいずみしゅうじ》……84
甘納豆《あまなっとう》　十二句《く》　坪内稔典《つぼうちねんてん》……26
イカ　内田麟太郎《うちだりんたろう》……32
五木《いつき》の子守唄《こもりうた》より　～熊本県民謡《くまもとけんみんよう》……94
今　藤富保男《ふじとみやすお》……16
歌　中野重治《なかのしげはる》……112
うたを　うたうとき　まど・みちお……80
おねえさん　垣内磯子《かきうちいそこ》……52

か

母さんの歌　窪田《くぼた》　聡《さとし》……106
がちょうはがあがあ　和田《わだ》　誠《まこと》……38
かっぱ　谷川俊太郎《たにかわしゅんたろう》……17
君ならできる　葉《よう》　祥明《しょうめい》……126
今日からはじまる　高丸《たかまる》もと子《こ》……130

さ

さかさまの空　麻生哲朗《あそうてつろう》……48
サッカーによせて　谷川俊太郎《たにかわしゅんたろう》……144
シャボン玉　野口雨情《のぐちうじょう》……76
寿限無《じゅげむ》（古典落語「寿限無《じゅげむ》」より）　六代目柳亭燕路《りゅうていえんじ》……18
精霊《しょうろう》流し　さだまさし……72
せんせいたべちゃった　ねじめ正一《しょういち》……24
〈川柳《せんりゅう》〉　柳本々々《やぎもともともと》……42
そうだとばっかり　小林純一《こばやしじゅんいち》……34

ソーラン節　〜北海道民謡《ほっかいどうみんよう》……102

た

大漁　金子《かねこ》みすゞ《(ず)》……46
だから　笑って　〜「Smile」より
ジョン・ターナー、ジェフリー・パーソンズ
／藤《ふじ》　真知子《まちこ》・訳《やく》……148
Danny Boy（アイルランド民謡《みんよう》「ロンドンデリーの歌」）
平原綾香《ひらはらあやか》……100
〈短歌〉　山田《やまだ》　航《わたる》……120
〈短歌〉　吉川宏志《よしかわひろし》……62
土　藤富保男《ふじとみやすお》……16
「つまづいたって…」　相田《あいだ》みつを……121
と　藤富保男《ふじとみやすお》……14
冬眠《とうみん》　草野心平《くさのしんぺい》……10

な

名づけられた葉　新川和江《しんかわかずえ》……128
なにかをひとつ　やなせたかし……118
涙《なみだ》　川崎《かわさき》　洋《ひろし》……70
ねんとんねんとん　サトウハチロー……30

は

ハッキョへの坂　河津聖恵《かわづきよえ》……64
花かぞえうた　岸田衿子《きしだえりこ》……90
バトンタッチのうた　木島《きじま》　始《はじめ》……82
パプリカ　米津玄師《よねづけんし》……96
阪神《はんしん》タイガース（回文）　島田陽子《しまだようこ》……36
平家《へいけ》物語（巻《まき》第一「祇園精舎《ぎおんしょうじゃ》」より）
〜日本の軍記物語……110

ぼくの娘《むすめ》に聞かせる小さい物語　ウンベルト・サバ／須賀敦子《すがあつこ》・訳《やく》……58
ぼくは川　阪田寛夫《さかたひろお》……122

ま

マホロバ　ナオト・インティライミ……138
水汲《く》み　田辺利宏《たなべとしひろ》……124
無題（『人生論《じんせいろん》』より）　武者小路実篤《むしゃのこうじさねあつ》……142
無題二編《へん》　ブッシュ孝子《たかこ》……114
最も高い塔《とう》の歌（「地獄《じごく》の一季節」の引用より）　アルチュール・ランボー／中地義和《なかじよしかず》・訳《やく》……56

や

汚《よご》れっちまった悲しみに……　中原中也《なかはらちゅうや》……54

ら

六月のうた　――こどもの絵本のためのエスキス　鈴木《すずき》ユリイカ……108

わ

わたしのアルファベット　薩摩《さつま》 忠《ただし》……20
わまわし　まわるわ　まど・みちお……28

詩人・訳者《やくしゃ》さくいん

あ

相田《あいだ》みつを　「つまづいたって…」……121
麻生哲朗《あそうてつろう》　さかさまの空……48
アルチュール・ランボー
⇒ランボー［アルチュール］
内田麟太郎《うちだりんたろう》　イカ……32
ウンベルト・サバ
⇒サバ［ウンベルト］
近江靖子《おうみやすこ》　あくびのむこうにとびだそう……11

か

垣内磯子《かきうちいそこ》　おねえさん……52
金子《かねこ》みすゞ《（す）》　大漁……46
川崎《かわさき》　洋《ひろし》　涙《なみだ》……70
河津聖恵《かわづきよえ》　ハッキョへの坂……64
岸田衿子《きしだえりこ》　花かぞえうた……90
木島《きじま》　始《はじめ》　バトンタッチのうた……82
草野心平《くさのしんぺい》　冬眠《とうみん》……10
窪田《くぼた》　聡《さとし》　母さんの歌……106
熊本県民謡《くまもとけんみんよう》　五木《いつき》の子守唄《こもりうた》より……94
軍記物語　平家《へいけ》物語（巻《まき》第一「祇園精舎《ぎおんしょうじゃ》」より）……110
小泉周二《こいずみしゅうじ》　朝の歌……84
小林純一《こばやしじゅんいち》　そうだとばっかり……34

さ

阪田寛夫《さかたひろお》 ぼくは川 …… 122
さだまさし 精霊《しょうろう》流し …… 72
薩摩《さつま》 忠《ただし》 わたしのアルファベット …… 20
サトウハチロー ねんとんねんとん …… 30
佐藤義美《さとうよしみ》 アイスクリームの うた …… 86
サバ［ウンベルト］
ぼくの娘《むすめ》に聞かせる小さい物語 …… 58
ジェフリー・パーソンズ
⇒**パーソンズ［ジェフリー］**
島田陽子《しまだようこ》 阪神《はんしん》タイガース（回文《かいぶん》） …… 36
ジョン・ターナー
⇒**ターナー［ジョン］**
新川和江《しんかわかずえ》 名づけられた葉 …… 128
須賀敦子《すがあつこ》 ぼくの娘《むすめ》に聞かせる小さい物語 …… 58
鈴木《すずき》ユリイカ
六月のうた ——こどもの絵本のためのエスキス …… 108

た

ターナー［ジョン］
だから 笑って ～「Smile」より …… 148
高丸《たかまる》もと子《こ》 今日からはじまる …… 130
田辺利宏《たなべとしひろ》 水汲《く》み …… 124
谷川俊太郎《たにかわしゅんたろう》 かっぱ …… 17
サッカーによせて …… 144
坪内稔典《つぼうちねんてん》 甘納豆《あまなっとう》 十二句《く》 …… 26

な

ナオト・インティライミ マホロバ …… 138

中地《なかじ》義和《よしかず》
最も高い塔《とう》の歌（「地獄《じごく》の一季節」の引用より）……56
中野《なかの》重治《しげはる》
歌……112
中原《なかはら》中也《ちゅうや》
汚《よご》れっちまった悲しみに……54
ねじめ正一《しょういち》
せんせいたべちゃった……24
野口《のぐち》雨情《うじょう》
シャボン玉……76

は

パーソンズ［ジェフリー］
だから 笑って ～「Smile」より……148
平原《ひらはら》綾香《あやか》
Danny Boy（アイルランド民謡《みんよう》「ロンドンデリーの歌」）……100
藤井《ふじい》則行《のりゆき》
I am Tom Brown. ……134
藤富《ふじとみ》保男《やすお》
今……16
土……16
と……14
藤《ふじ》 真知子《まちこ》
だから 笑って ～「Smile」より……148
ブッシュ孝子《たかこ》
無題二編《へん》……114
北海道《ほっかいどう》民謡《みんよう》
ソーラン節……102

ま

まど・みちお
うたを うたうとき……80
わまわし まわるわ……28
武者小路《むしゃのこうじ》実篤《さねあつ》
無題（『人生論《じんせいろん》』より）……142

や

柳本々々《やぎもともともと》
（川柳《せんりゅう》）……42
やなせたかし
なにかをひとつ……118
山田《やまだ》 航《わたる》
（短歌）……120
葉《よう》 祥明《しょうめい》
君ならできる……126

吉川宏志《よしかわひろし》（短歌）……62
米津玄師《よねづけんし》　パプリカ……96

ら

ランボー［アルチュール］
最も高い塔《とう》の歌（「地獄《じごく》の一季節」の引用より）……56
六代目柳亭燕路《りゅうていえんじ》
寿限無《じゅげむ》（古典落語「寿限無《じゅげむ》」より）……18

わ

和田《わだ》　誠《まこと》　がちょうはがあがあ……38

編者紹介

日本児童文学者協会

菊永　謙　（きくなが・ゆずる）

1953年生まれ。詩人。詩集に『原っぱの虹』（いしずえ）など、詩の評論に『子どもと詩の架橋　少年詩･童謡･児童詩への誘い』（四季の森社）などがある。本シリーズではおもに1巻の編集を担当。4巻に詩作品を収録。

藤　真知子　（ふじ・まちこ）

1950年生まれ。児童文学作家、詩人。物語の作品に「まじょ子」シリーズ（全60巻）、「まじょのナニーさん」シリーズ（既刊11巻、ともにポプラ社）、「チビまじょチャミー」シリーズ（全10巻、岩崎書店）など多数ある。本シリーズではおもに2巻の編集を担当。4巻に自作の詩、2巻に訳詩を収録。

藤田のぼる　（ふじた・のぼる）

1950年生まれ。児童文学評論家、作家。著書に『児童文学への3つの質問』（てらいんく）など、創作の作品に『雪咲く村へ』（岩崎書店）、『みんなの家出』（福音館書店）などがある。本シリーズではおもに3巻の編集を担当。

藤本　恵　（ふじもと・めぐみ）

1973年生まれ。児童文学研究者。近現代の物語や童謡、詩、絵本など、児童文学全体に対象を広げ研究をおこなっている。本シリーズではおもに4巻の編集と漢詩の書き下し文を担当。

宮川健郎　（みやかわ・たけお）

1955年生まれ。児童文学研究者。編・著書に『ズッコケ三人組の大研究　那須正幹研究読本』（全3巻、共編、ポプラ社）、『物語もっと深読み教室』（岩波ジュニア新書）などがある。本シリーズでは全体の編集と脚注、詩人紹介文を担当。

ポプラ社編集部

●協力　小林雅子
小笠原未鮎、木村陽香、藤井沙耶、森川凜太

装　画　カシワイ
装丁･本文デザイン　岩田りか
編集協力　平尾小径

シリーズ 詩はきみのそばにいる②
きみの心がゆらめくとき、詩は……

2025 年 4 月　第 1 刷

編　者　日本児童文学者協会＋ポプラ社編集部

発行者　加藤裕樹
編　集　小桜浩子
発行所　株式会社ポプラ社
〒141-8210　東京都品川区西五反田 3-5-8　JR 目黒 MARC ビル 12 階
ホームページ　www.poplar.co.jp
印刷・製本　中央精版印刷株式会社
ISBN978-4-591-18459-2　N.D.C.908 /174p/19cm　Printed in Japan

P7253002

きみの言葉がきっと見つかる

シリーズ　詩はきみのそばにいる

全4巻

日本児童文学者協会＋ポプラ社編集部　編

さまざまなジャンル、時代、地域《ちいき》の作品を集め、

詩の楽しさ、広さ、深さを伝えます。

古典作品や短歌・俳句《はいく》も収録《しゅうろく》。詩との出会いの扉《とびら》となるシリーズです。

❶ きみの心が歌いだすとき、詩は……

命の輝《かがや》き、恋《こい》する気持ち、詩の言葉で心が広がる

安西冬衛《あんざいふゆえ》「春」、金子《かねこ》みすゞ《(ず)》「不思議」、中原中也《なかはらちゅうや》「月夜の浜辺《はまべ》」、

Ayase（YOASOBI）「もう少しだけ」、

「きみを想う――短歌・撰《せん》」、琉歌《りゅうか》三首　ほか

❷ きみの心がゆらめくとき、詩は……

つらいとき、悲しいとき、きみを支《ささ》える言葉と出会える

川崎洋《かわさきひろし》「涙《なみだ》」、まど・みちお「うたを　うたうとき」、

新川和江《しんかわかずえ》「名づけられた葉」、坪内稔典《つぼうちねんてん》「甘納豆《あまなっとう》十二句《く》」、

「平家《へいけ》物語」（巻《まき》第一「祇園精舎《ぎおんしょうじゃ》」より）　ほか

❸ きみの心が駆《か》けめぐるとき、詩は……

時間や歴史《れきし》を題材にした詩で、自分を見つける言葉の旅

新美南吉《にいみなんきち》「窓《まど》」、アーサー・ビナード「記録」、

茨木《いばらぎ》のり子《こ》「わたしが一番きれいだったとき」、孟浩然《もうこうねん》「春暁」、

「季節はめぐる――俳句《はいく》・撰《せん》」　ほか

❹ きみの心がつながりたいとき、詩は……

遠くにいる誰《だれ》かとつながる、心をひらく詩の広場

谷川俊太郎《たにかわしゅんたろう》「言葉は」、宮沢賢治《みやざわけんじ》「永訣《えいけつ》の朝」、最果《さいはて》タヒ「流れ星」、

リファアト・アルアライール／松下新土《まつしたしんど》、増渕愛子《ますぶちあいこ》・訳《やく》

「わたしが死ななければならないのなら」　ほか